Pas de vacances pour le commissaire

par Evelyne Apter

Nouvelle édition revue

par Gérard Alamargot
et Hans-Georg Bläsi

Ernst Klett Verlag
Stuttgart München Düsseldorf Leipzig

Pas de vacances pour le commissaire

Herausgegeben von Evelyne Apter, München,
Gérard Alamargot, Reutlingen, und Hans-Georg Bläsi,
Tübingen (Nouvelle édition revue),

Zu dieser Lektüre gibt es
eine **Compact-Cassette** (beide Seiten besprochen),
Klettnummer 591511.

Gedruckt auf Papier aus
chlorfrei gebleichtem Zellstoff,
säurefrei.

Dieses Werk folgt im Deutschen der reformierten Rechtschreibung
und Zeichensetzung.

1. Auflage 1 17 16 15 14 | 2006 05 04 03

Alle Drucke dieser Auflage können im Unterricht nebeneinander benutzt werden, sie sind untereinander unverändert. Die letzte Zahl bezeichnet das Jahr dieses Druckes.
© Ernst Klett Verlag GmbH, Stuttgart 1986.
Alle Rechte vorbehalten.

Internet: www.klett-verlag.de

Redaktion: Gérard Hérin.

Zeichnungen und Vignetten: Barbara Claussen und Karl-Heinz Grindler
(Vignetten S. 7, 11, 12, 34), Stuttgart.
Umschlaggestaltung: D. Gebhardt, Korntal.
Druck: W. Röck GmbH Druck + Medien, Weinsberg. Printed in Germany.
ISBN 3-12-591510-4

Table des matières

Drôles de vacances! 4

Madame Darcy 10

Au club d'échecs 13

Le gant noir 16

Un pharmacien qui parle trop 20

Un bruit de pas, dans le jardin 24

La lettre d'Eleonore 27

Tout s'explique … pour Pellegrin! 33

L'alibi 35

Drôles de vacances!

Cela faisait longtemps que le commissaire Pellegrin n'avait pas pris de vacances. Chaque fois qu'il voulait en prendre, son patron le *chargeait* d'une affaire difficile. Comme il était *célibataire* et qu'il aimait son travail, il acceptait et restait. Mais cette année, il avait eu de la chance. Il avait pu enfin partir en vacances.

Sérac était un petit village perdu dans la campagne qui, pendant longtemps, n'avait pas compté plus de cent habitants. Depuis, le village *s'était agrandi*. Il y avait maintenant quelques nouvelles maisons et on avait ouvert une grande épicerie. Mais rien n'avait vraiment changé. Il y avait la mairie et, en face, l'église avec son vieux *clocher*. Sur la place, les grands arbres étaient presque aussi hauts que les trois étages du seul hôtel de Sérac. Ils donnaient de *l'ombre* à la terrasse du café-tabac qui se trouvait juste à côté. Entre le café et la pharmacie, il y avait la station-service, avec ses fenêtres décorées de géraniums. Plus loin, au bout de la grand'rue, il y avait la poste et la gendarmerie.

Tous les jours, après le petit déjeuner, le commissaire quittait l'hôtel, entrait au café-tabac où il achetait son paquet de cigarettes, puis partait faire un tour, comme il disait. Il allait presque toujours dans les champs, où il aimait se promener pendant de longues heures. Il se souvenait alors du temps de son enfance où, avec ses camarades, il jouait aux pirates ou à Robinson Crusoé.

Plus tard, il avait découvert un autre *passe-temps*: la pêche. Il y allait chaque fois qu'il en avait la possibilité.

---

charger qn de qc dire à qn de faire qc
célibataire qui n'a pas de femme/de mari
s'agrandir devenir plus grand
un clocher la tour d'une église
l'ombre (f) au soleil ≠ à l'ombre
un passe-temps une activité pendant le week-end ou les vacances

un béret   une canne à pêche

un hameçon

Ce matin, dans sa petite chambre d'hôtel, le commissaire s'était levé tôt parce qu'il voulait se rendre à «la Dure», *la rivière* qui passe près de Sérac et qui porte ce nom à cause de son lit couvert de grosses pierres. Il a pris sa *canne à pêche*, ses *hameçons* et un grand sac. Puis il a mis son *béret* et il est descendu. En bas, dans la petite salle où il prenait son petit déjeuner et ses repas, il a entendu des bruits de voix. Il a posé ses affaires près de la porte, a enlevé son béret, puis il est entré. Dans la salle, il y avait le patron de l'hôtel et un lieutenant de gendarmerie. Le lieutenant est tout de suite venu vers lui.
– Lieutenant Cartier.
– Commissaire Pellegrin. Bonjour, lieutenant.
A l'expression du *visage* du patron et à la mine officielle du lieutenant, le commissaire s'est dit qu'il se passait quelque chose.

---

une rivière Le Neckar et la Moselle sont des *rivières*.
le visage une partie de la tête

5

1 – Eh bien! Qu'est-ce qui se passe?
Le lieutenant a *hésité* un moment, puis il a répondu:
– Je ne voulais pas vous embêter, je sais que vous êtes ici en vacances, mais vous comprenez, *s'il* n'y avait pas cette histoire...
5 Le commissaire s'était assis à sa place préférée, près de la fenêtre.
– Quelle histoire? Mais parlez donc, lieutenant!
– Eh bien, voilà. Il y a une heure, on a trouvé *le cadavre* d'un homme sur les bords de «la Dure». *Le mort* est *un ancien général.*
10
– Vous dites que c'est sur les bords de «la Dure»...?
– Oui, monsieur le commissaire.
«La Dure»... Il la voyait maintenant, avec son eau très claire et, au bord, de beaux arbres verts et plein de marguerites. Et ce
15 matin-là, il faisait beau. Un temps formidable! Et lui, eh bien, *il allait devoir travailler!* Une fois de plus, il allait travailler pendant les vacances!...
– Votre café va être froid, monsieur le commissaire... Tenez! *Vous prendrez* bien un petit cognac avec. Et vous aussi, lieutenant!
20
Le patron a posé deux verres pleins sur la table.
Pellegrin a bu sa tasse de café et son verre de cognac... Eh oui! Ses vacances étaient bien finies!
– Eh bien! Allons-y, Cartier!
25 Le commissaire a mis son béret, puis il a quitté l'hôtel avec le lieutenant.

---

hésiter (zögern)
s'il = si il; *si* (wenn, falls)
un cadavre (eine Leiche)
un(e) mort(e) qn qui ne vit plus
un ancien général un homme qui n'est plus général
Il allait devoir travailler. (Er würde arbeiten müssen.)
vous prendrez vous allez prendre

Un peu plus tard, ils marchaient l'un à côté de l'autre, à travers champs.
– Parlez-moi donc du général, lieutenant.
– Il s'appelait Henri Darcy. Nous disions tous «le général», mais il n'était plus en activité et vivait à Sérac depuis plus de dix ans. Au village, les gens le respectaient pour ses médailles: il avait souvent été décoré, une fois même par le Président de la République. Mais ce n'était pas un homme *fier*. Pas comme sa femme. On ne les voyait pas souvent sortir ensemble. Ce n'était pas très normal ... Bon, enfin, maintenant il est *mort* ... On l'a *frappé* avec quelque chose de lourd. Le malheureux n'a pas eu le temps de crier au secours ... Le docteur Martin, de Gardelac, le village voisin, qui l'a *examiné*, pense qu'il était mort depuis six ou sept heures lorsqu'on l'a découvert ... On l'a trouvé à 6 heures du matin. Donc, il est mort hier soir ... disons ... entre 11 heures et minuit.

Ils arrivaient maintenant au pont. A cet endroit, la terre était *humide* et on marchait difficilement.
Deux gendarmes avaient mis le mort sur *un brancard*. Les vêtements du général étaient pleins de *boue*.

un brancard

– Hum! a dit le commissaire. Ce n'est pas joli joli. Avec quoi est-ce qu'on a bien pu le frapper? Avec une des grosses pierres de «la Dure», peut-être?
C'est alors qu'un gendarme est venu vers eux:
– Regardez ce que j'ai trouvé, commissaire! Un porte-monnaie noir.

---

fier, fière qui se croit plus important que les autres
mort(e) → mourir: perdre la vie
frapper qn donner un ou plusieurs coups à qn
examiner qn (jdn. untersuchen)
humide Quand il pleut, la terre est *humide*.
la boue la terre humide

7

Le commissaire l'a pris et l'a regardé. Rien. Pas de papiers et même pas d'argent.
– Voilà toujours quelque chose qui peut nous aider ... Mais, regardez, lieutenant: H. D., ce sont bien les initiales du général, n'est-ce pas?
– Oui, commissaire ... Vous voyez là *le mobile du crime*?
– Vous savez, lieutenant, tout est possible. Tenez! Regardez ce qui se passe dans le monde. Pourquoi est-ce que les gens *tuent*? Qu'est-ce qui les intéresse? L'argent. Lisez les journaux. C'est toujours la même chose: l'argent. Ils tuent pour de l'argent.
– D'accord, commissaire, a dit le lieutenant, mais pas pour quelques billets.
– Si, si, mon ami. J'en ai vu des cas et croyez-moi, j'en connais de ces petites vieilles qui ont juste assez pour vivre et qu'on tue parce qu'elles ont une petite somme d'argent *cachée* dans une armoire.
Puis le commissaire a donné le porte-monnaie au lieutenant:
– Prenez toujours ça, on ne sait jamais.
Ensuite, Pellegrin est revenu vers le mort comme s'il cherchait quelque chose. Un porte-monnaie seulement, cela ne *suffisait* pas pour retrouver le criminel! Il a pris une cigarette et est allé tout au bord de «la Dure». Il se disait que *l'assassin* était peut-être descendu là pour prendre une de ces grosses pierres rondes. Qui sait?

un gant C'est alors qu'il a découvert quelque chose de noir. *Un gant?*
... Oui, c'était bien un gant.
– Qu'est-ce que vous dites de cela, Cartier?

---

un crime (ein Verbrechen, ein Mord)
le mobile du crime le motif du crime
tuer qn prendre la vie à qn
cacher qc mettre une chose là où qn d'autre ne peut pas la trouver
suffire être assez
un assassin une personne qui en a tué une autre

– Je dois dire que vous avez de bons yeux.
– Seulement, il manque le deuxième...
– On dit que l'assassin revient toujours sur *le lieu* de son crime. Surtout s'il y a laissé quelque chose. Vous ne pensez pas, commissaire?
– Je pense déjà à beaucoup de choses, Cartier.

Questions:

1. *Pourquoi est-ce que le commissaire Pellegrin n'avait pas pris de vacances depuis longtemps?*
2. *Qu'est-ce qu'il fait chaque matin, après le petit déjeuner, quand il est à Sérac?*
3. *Qui est-ce qu'il voit dans la salle de restaurant de l'hôtel?*
4. *Qu'est-ce qui s'est passé?*
5. *Comment est-ce qu'on a tué le général?*

---

un lieu, des lieux un endroit

1 Madame Darcy

«Au bord de l'eau»... Oui, c'était bien le nom de la villa du général. Il faut dire qu'elle se trouvait non loin de «la Dure».

La maison avait deux étages. On avait refait la façade, dernièrement. Les fenêtres étaient joliment décorées de *fleurs*.

Pellegrin a sonné. Une jeune femme tout en noir lui a ouvert la porte.

– Madame Darcy?
– Oui, monsieur.
– Commissaire Pellegrin. Est-ce que je peux vous parler un moment?
– Bien sûr. Entrez donc, je vous en prie.

Dans *le salon* confortablement meublé, Pellegrin a découvert l'élégance simple de la jeune femme. Il s'était fait d'elle une tout autre idée: il pensait trouver une vieille dame aux cheveux gris. Mais *la veuve* du général était jeune, *mince*, blonde

---

une fleur une rose ou un géranium, p.ex.
un salon une salle de séjour élégante
une veuve une femme qui a perdu son mari
mince ≠ gros, grosse

et jolie. Il a trouvé que le noir allait bien avec la couleur de ses
cheveux.
– Est-ce que je peux vous poser quelques questions, madame?
N'oubliez pas que le plus petit détail peut aider la police à trouver l'assassin de votre mari.
– Naturellement, monsieur le commissaire. Si je peux vous être utile ...
Ses longs cheveux lui tombaient devant les yeux. Quand, de la main, elle les a relevés, le commissaire a vu qu'elle portait un beau *bracelet* avec des diamants. Sûrement un cadeau de son mari, a pensé Pellegrin et il a pris une cigarette.

un bracelet

– Essayez de vous souvenir, madame. A quelle heure est-ce que votre mari a quitté la maison, hier soir?
– A huit heures, peut-être. Je ne sais plus exactement.
– Est-ce que vous savez où il est allé? ... Il devait se rendre chez quelqu'un?
– Je ne pense pas. Le vendredi, en général, il allait à son club.
– A quel club?
– Au club d'*échecs*. Mon mari aimait beaucoup ce jeu. Il a joué aux échecs avec les plus grands champions du monde. Je peux vous montrer des photos, si vous voulez ...

les échecs (m, plur)

Elle s'est levée pour aller, avec le commissaire, dans une pièce qui servait de bibliothèque. Comme dans le salon, les meubles étaient élégants et modernes, ce qui donnait à ces deux pièces une atmosphère très agréable. Elle a ouvert une petite commode où elle a pris un album de photos. Sur toutes les photos, le général souriait, et le commissaire s'est dit qu'il le trouvait sympathique. Puis ils sont retournés au salon.
– Quand est-ce que le général rentrait du club?
– Vers onze heures et quart, onze heures et demie, jamais plus tard.
– Et hier, vous n'avez pas *remarqué* qu'à cette heure-là, il n'était pas encore rentré?

---

remarquer qc voir qc et y faire attention

Il y a eu un moment de *silence*, puis:
— Je vais au lit très tôt, monsieur le commissaire. Et quand mon mari rentrait de son club, j'étais déjà couchée. Alors, pour ne pas me réveiller, il dormait sur le canapé, dans la bibliothèque.
Le commissaire s'est dit que *l'enquête* allait être difficile.
— Dites-moi, est-ce qu'il est arrivé, ces derniers temps, que votre mari vous parle de problèmes qu'il avait?
De nouveau, il y a eu un moment de silence. Elle sortait un mouchoir de sa poche. Pleurait-elle? Pellegrin n'aimait pas voir pleurer une femme. Elle a enfin répondu:
— Non, monsieur le commissaire. Mon mari ne me parlait jamais de ses problèmes ... Il avait ses idées, et moi, j'avais *les miennes*.
Là, le commissaire a compris que cette jeune et jolie femme n'avait pas été heureuse *en ménage* et qu'elle n'avait pas aimé son mari. Il y avait sûrement autre chose qui comptait dans sa vie, mais quoi?
Il a mis sa cigarette dans le cendrier et s'est levé: la visite à la veuve du général était terminée.
— Je vous remercie, madame, pour les renseignements que vous m'avez donnés.
A l'hôtel, le commissaire s'est mis à réfléchir: «Est-ce que la veuve du général disait *la vérité*? Est-ce qu'elle cachait quelque chose?» Dans son *carnet*, il a noté:

un carnet

Hypothèse n°1: madame Darcy a assassiné son mari pour *hériter de sa fortune.*

---

le silence ≠ le bruit
une enquête des recherches faites par la police
les miennes ici: mes idées
en ménage (m) (hier: in ihrer Ehe)
la vérité → vrai(e)
hériter d'une fortune (ein Vermögen erben)

Questions:

1. *Le commissaire va chez madame Darcy. Pourquoi est-ce qu'il est surpris quand il la voit?*
2. *Qu'est-ce qu'il apprend sur les habitudes du général?*
3. *Est-ce que le général et sa femme s'entendaient bien? Justifiez votre réponse.*
4. *A votre avis, pourquoi est-ce que le commissaire a émis («émettre» = aufstellen) sa première hypothèse?*

Au club d'échecs

Au café-tabac, une salle était réservée aux joueurs d'échecs. Le commissaire s'est installé à une table, dans la salle du club. Il n'était pas seul. A une autre table, deux joueurs finissaient une partie. Le garçon est arrivé.

— *Un Pernod*, s'il vous plaît.
— Vous prenez votre Pernod avec ou sans eau, monsieur le commissaire?
— Je le bois toujours sans eau.

Il ne mettait jamais d'eau dans son apéritif parce qu'il aimait *le goût* du Pernod pur, et mélanger lui était désagréable.

Pendant que le garçon préparait son verre, Pellegrin a sorti son paquet de *Gauloises*, en a pris une, puis il a cherché ses *allumettes*, mais elles n'étaient pas dans ses poches. Est-ce qu'il les avait oubliées à l'hôtel? ... Et bien sûr, personne ne fumait dans la salle! Le commissaire allait remettre la cigarette dans le paquet, quand l'un des joueurs s'est levé et lui a offert du feu. C'était un homme de quarante à quarante-cinq ans, sympathique.

— Vous êtes le commissaire Pellegrin, n'est-ce pas?

Un peu surpris, il a répondu:

— Oui, monsieur. Bonjour. Je peux faire quelque chose pour vous?
— Non, commissaire, non! Simplement, voilà dix ans que je suis président de ce club d'échecs, et c'est la première fois que j'ai *l'honneur* d'y voir un commissaire.

Pellegrin a souri, puis il a expliqué qu'il n'était pas venu pour faire une partie, mais pour *obtenir* des renseignements sur le général. Il a ajouté que c'était très important pour son enquête. Quand le garçon est arrivé avec le Pernod, le président a commandé une bière, puis il s'est assis à la table du commissaire.

— Je suppose que vous voulez savoir quel *genre* d'homme était Henri Darcy ...?

---

le Pernod un apéritif fait avec de l'anis
le goût Qc qui est bon à bon *goût*.
les Gauloises (f) une marque de cigarettes
l'honneur (m) (die Ehre)
obtenir qc essayer d'avoir qc
un genre une sorte

— Oui, a répondu Pellegrin.
Puis il a parlé de sa conversation avec la veuve du général, qui ne lui avait pas apporté beaucoup d'informations sur ce point.
— Voyez-vous, a dit le président du club, notre ami était avant tout un militaire. Pour lui, le plus important, c'était la discipline, et sa vie était réglée comme *une montre*. Il arrivait tous les vendredis soirs à huit heures au club et repartait à onze heures. Jamais plus tard.

une montre

— Et le jour du crime, vous n'avez rien remarqué?
— Non. A onze heures, il a quitté le club *en compagnie* du notaire, comme d'habitude.
— En compagnie du notaire?
— Oui. *Maître* Barreau, *un membre* du club avec qui il jouait souvent. Il habite dans la belle villa, vous savez, pas loin du pont de «la Dure».
Ces quelques renseignements avaient suffi au commissaire. Il a remercié le président, a payé son Pernod et il est parti.

Questions:

1. *Pourquoi est-ce que le commissaire est venu au club d'échecs?*
2. *Qu'est-ce qu'on lui raconte sur le général?*

---

en compagnie de (f) avec
maître ce qu'on dit lorsqu'on s'adresse à un notaire ou à un avocat
être membre (m) d'un club être dans un club

Le gant noir

Il pleuvait. Le commissaire s'était levé tard. Après avoir pris son petit déjeuner, il a mis son *imperméable* et son béret, puis il est sorti.

Sur la place, il n'y avait personne. Comme d'habitude, il a acheté son paquet de Gauloises au café. Puis, il a remonté la grand' rue et il est arrivé à la sortie de Sérac. A travers champs, *il ne fallait que* vingt minutes pour se rendre à la maison du notaire. Pellegrin est donc passé par là et bientôt, il est arrivé au pont de «la Dure» où il a pris un chemin sur sa droite. A l'endroit où le chemin s'agrandissait, il a vu, cachée derrière des arbres, la belle maison du notaire. Une vieille dame lui a ouvert et l'a prié de s'installer au salon.

Il attendait depuis plus de dix minutes lorsque le notaire est arrivé. C'était un homme grand et sportif. Dans ses yeux, le commissaire a lu la surprise de le voir chez lui et il lui a expliqué pourquoi il venait. Pellegrin lui a demandé de se souvenir de tous les détails de la soirée passée au club avec le général Darcy.

– Eh bien, a raconté le notaire, à six heures, j'ai eu mon dernier client, puis j'ai quitté mon bureau à sept heures. Quand je suis arrivé au club, il n'y avait encore personne. Alors, pour passer le temps, j'ai commandé une bière et puis j'ai lu le journal.

– A quelle heure est-ce que le général est arrivé?

– A huit heures, comme d'habitude.

– Seul?

– Il est arrivé avec le fils du maire.

– Est-ce que, dans la salle, vous avez remarqué quelqu'un qui n'était pas du club?

Monsieur Barreau a fait une pause.

– Non, personne.

---

ne ... que seulement
Il faut vingt minutes. On marche pendant vingt minutes.

un imperméable

– Vous avez quitté le club en compagnie du général Darcy. Quelle heure était-il?
Le notaire n'a pas hésité un seul *instant*.
– Onze heures. Il faut vingt minutes pour aller du club jusque chez moi. Et comme la maison du général se trouve sur ma route, on fait le chemin ensemble.
– Et ce vendredi, vous vous êtes quittés à quelle heure?
– A onze heures et quart, monsieur le commissaire.
– Personne ne vous a *suivis*?
– Non ... Enfin, je n'ai rien remarqué.
Le commissaire a compris qu'il était inutile de poser d'autres questions. Le notaire n'avait vraiment pas la tête d'un assassin, et – Pellegrin en était sûr – il disait la vérité.
Le commissaire a regardé sa montre: dans dix minutes, on servait le déjeuner à l'hôtel. Il s'est levé.
– Eh bien, maître, merci de vos renseignements et excusez-moi de vous avoir pris votre temps.
– Mais, je vous en prie, monsieur le commissaire.
Dans l'entrée, où il avait laissé son imperméable, Pellegrin a remarqué un gant posé sur une petite table. Non! Il ne *se trompait* pas! Il était identique au gant qu'il avait trouvé sur les bords de «la Dure»!
– Dites-moi, maître, est-ce que ce gant est à vous?
– Oui. J'ai dû oublier l'autre chez Dubois, le pharmacien, la semaine dernière ... Ce n'est pas sûr. Ou alors, je l'ai laissé dans la salle d'attente du docteur Aujard ... C'est le médecin de Sérac ... Son assistante l'a peut-être retrouvé. Ce n'est pas très important, mais je n'aime pas perdre mes affaires.
Quand Pellegrin est sorti, il ne pleuvait plus. Arrivé sur le pont de «la Dure», il s'est arrêté pour réfléchir ... Bon, il avait le sentiment que le notaire ne lui avait rien caché. Mais quand

---

un instant un très petit moment
suivre qn marcher derrière qn
se tromper p.ex., dire qc qui est faux

même! Il y avait ce gant! Et puis, le crime avait été *commis* entre onze heures et minuit. Et le notaire disait avoir quitté le général à onze heures et quart... Enfin, Darcy était mort à cent mètres de la maison de maître Barreau... Mais d'un autre côté, quel pouvait être le mobile du notaire? L'argent? Le général était *riche*... Mais Barreau lui-même n'était pas *pauvre*... Est-ce qu'il y avait vraiment *un rapport* entre le crime, le notaire et cette histoire de gant?

Lorsqu'il est rentré à l'hôtel, le commissaire a trouvé une lettre du lieutenant de gendarmerie qui l'invitait à une partie de pêche. Pellegrin était bien content: cela allait lui faire oublier son travail pendant toute une journée!

---

commettre faire (qc de mal)
riche qui a beaucoup d'argent
pauvre ≠ riche
un rapport (eine Beziehung, ein Zusammenhang)

Le soir, il a noté dans son carnet:
1. A qui est le gant trouvé sur les bords de «la Dure»? Est-ce le gant du notaire? Il dit qu'il l'a oublié chez le pharmacien ou chez le docteur.
2. Le notaire est la dernière personne à avoir parlé au général avant sa mort.
3. La maison de maître Barreau se trouve à cent mètres du lieu du crime.

Donc, hypothèse n°2: le notaire est *mêlé* au crime.

Questions:

1. *Pourquoi est-ce que le commissaire se rend chez maître Barreau?*
2. *Quels renseignements est-ce que le notaire lui donne?*
3. *Quelle hypothèse est-ce que Pellegrin émet après sa visite à M. Barreau, et pourquoi?*

être mêlé(e) à qc avoir participé à qc

un tiroir

un comptoir

1 Un pharmacien qui parle trop

La partie de pêche avec le lieutenant avait été une vraie journée de vacances pour le commissaire qui, avec cette histoire de crime, avait presque oublié qu'il était à Sérac pour *se reposer*. Partis très tôt, les deux hommes avaient déjeuné dans un petit restaurant où ils avaient bu un excellent vin blanc de la région. La pêche avait été bonne et ils étaient rentrés contents de leur journée. Pour une fois, le commissaire n'avait rien à noter dans son carnet et, fatigué, il s'était couché plus tôt que d'habitude. Le lendemain matin, après le petit déjeuner, il s'est rendu à la pharmacie. Monsieur Dubois, qui était en train de *ranger* des petites boîtes dans *un tiroir*, était si occupé par ce travail qu'il n'a pas entendu la porte s'ouvrir. Lorsqu'il a vu le commissaire, il s'est dit que cette visite avait son importance. Mais il n'en a rien *laissé paraître* et a reçu Pellegrin de son *air* le plus naturel.

---

se reposer ne pas travailler
ranger qc remettre qc à sa place
laisser paraître qc laisser voir qc
l'air (m) la mine

20

– Tiens! Bonjour, monsieur le commissaire... Mais, est-ce que vous êtes malade?
– Non, ça va bien, merci. Je ne suis pas venu pour acheter des médicaments.
Monsieur Dubois a souri, puis il a ajouté:
– Ah bon! J'aime mieux ça!
– Je suis venu vous voir pour un gant.
Cette fois, le pharmacien n'a pas pu cacher sa surprise:
– Un gant?
– Oui, monsieur. La semaine dernière, quelqu'un – Je ne dirai pas son nom – a oublié un gant noir sur votre *comptoir*...
Le pharmacien a enlevé ses lunettes et s'est mis à réfléchir.
– Un gant, vous dites... un gant noir... ici, sur le comptoir? Non, monsieur le commissaire, je n'ai rien trouvé. Mais je veux bien regarder dans la boîte où nous mettons tout ce que nous trouvons.
Il a pris une grosse boîte en métal qui se trouvait derrière la caisse.
– Regardez, c'est tout ce que j'ai, monsieur le commissaire. Non, vous voyez, il n'y a pas de gant.
Il a remis la boîte à sa place. Il était un peu en colère. Pourquoi est-ce que le commissaire ne lui avait pas dit à qui était le gant? Est-ce qu'il n'était pas, avec le maire et le docteur, une des personnes les plus importantes du village? Et puis, il savait des choses qui pouvaient peut-être intéresser la police.
– Eh bien, monsieur le commissaire, votre enquête ne va pas être facile... Et puis, le gant n'a peut-être *aucun* rapport avec le crime...?
– Si c'est le cas, *j'essaierai* de trouver une autre solution, a répondu Pellegrin.
– Mais vous savez, commissaire, quelquefois, il ne faut pas

---

aucun(e) pas un(e) seul(e)
j'essaierai [ʒesɛrɛ] je vais essayer

chercher très loin. Il suffit d'écouter ce que les gens racontent. Les gens d'ici savent beaucoup de choses. Seulement, ils ne disent rien...

— Ils ne disent rien, et pourquoi?

Le pharmacien a hésité. Est-ce qu'il devait dire ce qu'on lui avait raconté sur la femme du général?... Et puis, après tout, pourquoi pas?

— Croyez-moi, monsieur le commissaire, je n'aime pas m'occuper des affaires des autres, mais la femme du général menait une vie... comment dire?... une vie pas très calme...

— La femme du général?

Le commissaire revoyait cette jeune femme blonde qui lui avait été tout de suite très sympathique.

— Eh oui, pensez donc, une jolie femme, beaucoup plus jeune que son mari...

— Vous voulez dire qu'elle avait *un amant?*

— Oui, c'est ce que je veux dire.

— Et vous savez comment il s'appelle?

Le pharmacien a réfléchi pendant un instant. Pellegrin ne lui avait pas dit à qui était le gant. Alors, pourquoi est-ce qu'il devait lui donner ce renseignement?

Enfin, il *s'est décidé.*

— C'est un architecte de la région... Et croyez-moi, on les voyait souvent ensemble.

— Et le général, il le savait? a demandé le commissaire.

— Naturellement. Mais ça ne le *touchait* plus tellement de les voir sortir ensemble.

— Et elle, pourquoi est-ce qu'elle ne l'a pas quitté?

— Ah, mais vous ne savez pas encore tout! Le général avait de l'argent et ça, c'est important pour une jeune femme!

---

un amant un ami
se décider à faire qc choisir de faire qc
qc touche qn qc est désagréable à qn

— Alors, a dit Pellegrin, vous croyez qu'elle n'aimait pas le général, mais sa fortune ...?
— C'est ce que disent les gens d'ici.
— Ce que vous me dites là est très intéressant, monsieur Dubois.
— Je suis très fier de pouvoir vous aider, monsieur le commissaire.
Un quart d'heure plus tard, Pellegrin est rentré à son hôtel. Il s'est assis sur son lit et s'est mis à réfléchir à ce que le pharmacien lui avait raconté. Cette jolie veuve si sympathique avait donc un amant! Cette idée lui était désagréable ... Quel avait été le rôle de l'architecte dans cette affaire? Avait-il tué Darcy par amour, pour pouvoir ensuite *épouser* sa veuve? Avait-il commis le crime pour *partager* avec elle l'héritage du général? Avait-il, simplement, aidé Mme Darcy à assassiner son mari?
... Tout était possible!
Le commissaire a pris son carnet sur la table de nuit et a noté:
Hypothèse n°3: l'architecte est mêlé au crime.

Questions:

1. Pourquoi est-ce que le commissaire va chez le pharmacien?
2. Qu'est-ce que M. Dubois lui raconte?
3. Expliquez pourquoi l'architecte a peut-être tué le général.

épouser qn devenir le mari/la femme de qn
partager qc (etw. teilen)

un jardin   *une haie*

1 Un bruit de pas, dans le jardin

La recherche du gant *ne* plaisait *guère* au commissaire. Et puis, elle lui faisait perdre beaucoup de temps. De plus, toutes les hypothèses de son carnet ne menaient, jusqu'à maintenant, à aucune *piste* sérieuse, et cela le *décourageait*. Mais il espérait *avancer dans* son enquête par une visite au docteur Aujard qu'il avait décidé d'aller voir le soir, après le dîner.
Le docteur habitait une villa qui avait dû coûter une fortune: le rez-de-chaussée donnait sur une grande terrasse qui s'ouvrait sur *un jardin* avec beaucoup de fleurs, d'arbres et de *haies*.
A l'arrivée du commissaire, le docteur a eu l'air heureux de cette visite qu'il n'attendait pas.
– Entrez donc. Vous arrivez juste pour le café.

---

un pas Quand on marche, on fait des *pas*.
ne … guère ne … pas beaucoup
une piste (hier: eine Spur, eine Fährte)
décourager qn (jdn. entmutigen)
avancer dans qc aller plus loin dans qc

Au salon, madame Aujard a servi le café dans de petites tasses à moka. Elle était petite, brune et très jeune. Elle portait une élégante robe décolletée. Comme son mari, elle avait l'air heureuse de voir le commissaire.
— Vous ne vous ennuyez pas trop à Sérac, monsieur le commissaire? a-t-elle demandé.
Question idiote, s'est dit Pellegrin. Elle sait parfaitement qui je suis et ce que je suis en train de faire. Mais il a répondu sur le même ton:
— Mais non, madame, Sérac est un endroit idéal pour se reposer. On peut y faire de longues et belles promenades, et pour les pêcheurs, il y a «la Dure» ...
Le docteur et sa femme l'écoutaient, intéressés. Puis, Aujard a dit:
— «La Dure», oui, c'est bien joli, mais après ce crime, les gens n'*auront* plus tellement envie d'y aller.
— Les gens penseront encore longtemps au général, a ajouté sa femme, toute contente de pouvoir parler de l'affaire. Ce n'est pas comme sa veuve: *elle oubliera* vite son mari. On parle de son mariage avec un architecte pour bientôt ... Pauvre Henri ...
— Il faut dire que l'amant n'a pas l'âge du général, a dit le docteur avec un petit sourire.
Toi aussi, tu es plus *âgé* que ta femme, a pensé Pellegrin.
Aujard devait avoir dans les 45 ans, sa femme en avait, tout au plus, 25.
— Croyez-vous, a demandé Mme Aujard, qu'on trouvera facilement l'assassin?
Elle commence à *m'agacer* avec ses questions idiotes, s'est dit le commissaire. Et il n'a pas répondu.

---

ils auront [ilzɔrō] ils vont avoir
elle oubliera [ublira] elle va oublier
âgé(e) vieux, vieille
agacer qn irriter qn, mettre qn en colère

25

— Ann, apporte la bouteille de whisky. Vous prendrez bien un verre, commissaire?

— Un petit verre seulement, sinon je ne *saurai* plus pourquoi je suis venu vous voir.

Comme le pharmacien, le docteur a eu l'air surpris quand le commissaire lui a parlé du gant. Il a répondu qu'il allait demander à son assistante.

— Repassez donc dans un jour ou deux, si vous voulez, a-t-il ajouté.

A cet instant, la porte du salon s'est ouverte et une jeune femme qui pouvait avoir l'âge de madame Aujard, est entrée.

— Oh! Excusez-moi! Je croyais que vous étiez seuls.

Pellegrin a remarqué qu'elle parlait avec un léger accent anglais.

— Mais, entre donc, Eve, a dit madame Aujard, et reste un moment avec nous.

Et elle a présenté au commissaire son amie de collège qui venait de Londres et qui passait ses vacances chez eux. Puis, elle s'est mise à interroger la jeune femme.

— Alors, elle t'a plu cette visite au château?

— Beaucoup, mais je vous raconterai ça demain. Ce soir, je suis trop fatiguée. Je vais me coucher. Bonne nuit!

Le commissaire a regardé sa montre: dix heures! Il était temps de partir.

Il s'est levé et a dit au revoir au docteur et à sa femme.

Tout à coup, dans l'allée du jardin, il a entendu un bruit de pas, près de la terrasse. Est-ce qu'on me suit? s'est demandé Pellegrin. Il s'est arrêté pour regarder derrière lui, mais la nuit était trop noire. Il a écouté: tout était calme. J'ai trop bu, a-t-il pensé. Il a ouvert la petite porte du jardin et il est sorti.

En route, il a repensé à sa soirée chez les Aujard, au grand confort de leur luxueuse villa... Mais ce bruit de pas que j'ai entendu... Je me demande bien qui ça pouvait être... Peut-être

---

je saurai [sɔrɛ] je vais savoir

26

que j'ai simplement *rêvé* ou bu trop de whisky ... Et s'il est arrivé quelque chose? Pourquoi ne pas retourner tout de suite à la villa? ... Il a hésité un moment. Non, il préférait attendre le lendemain. Il avait peut-être rêvé toute cette histoire et il avait peur que les Aujard se moquent de lui.
Cette nuit-là, le commissaire *a eu du mal* à s'endormir. Il continuait à penser au bruit de pas, dans le jardin.

Questions:

1. *Que dit Mme Aujard sur la femme du général?*
2. *Qu'est-ce qui s'est passé au moment où le commissaire a quitté la villa?*

La lettre d'Eleonore

Le lendemain matin, au réveil, Pellegrin a pris son carnet. Ce qui s'était passé *la veille* lui avait donné une idée: et si le général avait été tué par *un rôdeur*, tout simplement? Un de ces criminels qui, la nuit, cherchent à voler les gens qu'ils rencontrent? ... Le général ne s'était pas laissé faire. L'homme avait fini par le frapper, à mort, avec une pierre ... Il avait pris l'argent dans le porte-monnaie de Darcy et avait laissé le porte-monnaie sur les bords de «la Dure».
Le commissaire a noté, dans son carnet, cette nouvelle hypothèse:
Hypothèse n°4: le général a été assassiné par un rôdeur.
Dans la matinée, Pellegrin est retourné chez le docteur Aujard.

---

rêver voir des images quand on dort
avoir du mal à faire qc avoir de la difficulté à faire qc
la veille le jour d'avant
un rôdeur un vagabond

Il n'y a trouvé qu'une femme en train de faire le ménage.
– Vous venez à cause du *cambrioleur*? a-t-elle demandé.
– Quel cambrioleur?
Et elle a raconté au commissaire ce qui était arrivé dans la maison, la veille, après son départ.
Un cambrioleur était entré dans la bibliothèque à dix heures et demie, mais il avait été surpris par le docteur et avait filé par la fenêtre ouverte. Rien n'avait été volé. L'homme avait simplement fait tomber un vase, qui s'était cassé. Maintenant, la femme de ménage était en train de *mettre de l'ordre* dans la pièce, avant le retour du docteur et de sa femme. Le commissaire l'a remerciée de ces renseignements, puis il est parti.
Un cambrioleur? s'est-il dit. Et si c'était lui le rôdeur, l'assassin du général? Des criminels de ce genre, il ne devait pas y en avoir beaucoup à Sérac, ce petit village perdu dans la campagne! . . . Et lui, Pellegrin, l'avait laissé partir! . . .
L'enquête avançait, maintenant qu'il avait trouvé cette nouvelle piste. Mais pour être sûr que c'était la bonne hypothèse, il fallait *prouver* que les trois autres étaient mauvaises. Pellegrin a alors décidé de retourner chez madame Darcy.

---

un cambrioleur un voleur
mettre de l'ordre ranger
prouver qc montrer la vérité de qc

Un quart d'heure plus tard, il entrait dans son salon. Il y avait là un homme, assis dans un fauteuil.

– Monsieur le commissaire, je vous présente monsieur Leblanc, le meilleur architecte de la région. C'est un vieil ami, vous pouvez parler devant lui.

Pellegrin, qui se souvenait de ce que lui avaient dit le pharmacien, puis Mme Aujard, savait qui était l'architecte. Ainsi donc, les gens avaient raison de dire que Mme Darcy oubliait vite la mort de son mari.

– Est-ce qu'il s'est passé quelque chose de nouveau depuis ma dernière visite, madame?

– Oui, commissaire. Le testament de mon mari a été ouvert: j'hérite de tout ce qu'il avait, mais ce n'est pas une grosse fortune! Le notaire hérite aussi d'une petite somme pour le remercier de nous avoir souvent aidés. Les gens pensaient que mon mari avait beaucoup d'argent. Je le pensais aussi; mais on m'a dit qu'il avait perdu une partie de sa fortune au jeu... L'argent, pour moi, commissaire, ce n'est pas important, vous savez. Mais *malgré* tout, je suis surprise. Henri avait hérité d'une très grosse somme et...

– Vous ne m'aviez pas dit que le général avait hérité, madame.

– Je ne pouvais pas vous le dire, parce que je ne le savais pas moi-même.

– Comment cela?

– Il ne m'en avait jamais parlé.

– Alors, comment l'avez-vous su?

– J'ai trouvé, hier, une lettre dans ses papiers.

– Vous pouvez me la montrer?

La jeune femme s'est levée et est allée dans la bibliothèque. Puis elle est revenue dans le salon avec la lettre.

– Tenez, la voilà.

– Je peux la lire, n'est-ce pas?

– Bien sûr!

---

malgré (trotz)

Gardelac, le 24 septembre 1983

Cher Henri,

Vous savez dans quelle situation je me trouve. Je suis malade et je dois rester au lit. Vous pouvez être sûr que, malgré leurs menaces, ils n'auront pas ce qu'ils veulent et que vous hériterez, cher ami, de toute ma fortune. J'ai besoin de vos conseils pour refaire mon testament. Téléphonez-moi dès que cette lettre sera entre vos mains.

Très amicalement,
E. W.

P. S. N'en dites rien à votre femme.

---

une menace l'action de faire peur à qn
j'ai besoin de qc il me faut qc
un conseil le fait de dire à qn ce qu'il doit faire
dès que (sobald)
elle sera elle va être

– Vous savez qui est E. W.? a demandé le commissaire.
– Oui, c'était Eleonore Willis, la femme d'un major anglais ami d'Henri.
– Pourquoi dites-vous «c'était»? Qu'est-ce qu'elle est devenue?
– Elle est morte, monsieur le commissaire.
– Quand ça?
– Il y a deux ans... Mais j'y pense... Mais oui, ça me revient maintenant! Elle est morte le 24 septembre! Le 24 septembre 83!
– Donc, elle a écrit cette lettre le jour de sa mort. Elle n'a pas eu le temps de refaire son testament...
– Et Henri n'a pas hérité!... Mais elle parle de menaces dans sa lettre. Qu'est-ce que ça peut bien être?
Pellegrin s'était, évidemment, posé la même question. Tout cela était vraiment curieux. Eleonore Willis avait écrit au général que des gens la menaçaient. Qui donc la menaçait? Quel rôle jouait le général?
– Dites-moi, madame, de quoi est-ce qu'elle est morte?
– D'*une attaque*. Le docteur Aujard a été appelé en pleine nuit. Il a essayé de la *sauver*, mais il n'y est pas *arrivé*.
– Est-ce que vous pouvez me donner d'autres détails sur Eleonore Willis?
Et le commissaire a appris que, née en France, de mère anglaise, Eleonore avait passé sa jeunesse à Sérac. Pendant un séjour à Londres, dans la famille de sa mère, elle avait rencontré le major Willis. Ils *s'étaient mariés* peu de temps après. Puis, après la naissance de leur fille, Ann, ils étaient allés s'installer dans le Sussex.
Le jour où Eleonore avait hérité de l'importante fortune de ses parents, le major avait mis fin à sa carrière militaire, et les Wil-

---

une attaque (ein Herzanfall)
sauver qn (jdn. retten)
arriver à faire qc pouvoir faire qc
se marier avec qn épouser qn

31

lis *s'étaient retirés* à Gardelac, un village situé à 10 km de Sérac. C'était à ce moment-là que le général Darcy avait *fait leur connaissance*. A la mort du major, le général était devenu le *confident* d'Eleonore. Et Ann? Eh bien, elle était tombée amoureuse du docteur Aujard qui venait de s'installer à Sérac. Cela n'avait pas plu à sa mère: Aujard était beaucoup plus âgé qu'Ann; de plus, il avait déjà été marié une première fois. Eleonore, donc, était contre le mariage de sa fille et l'avait menacée de la *déshériter*.

Après la mort de sa mère, Ann avait hérité de sa fortune et épousé le docteur.

Maintenant qu'il avait ces renseignements, le commissaire se demandait s'il n'y avait pas un rapport entre l'assassinat du général et la mort de son amie Eleonore. Darcy connaissait les problèmes personnels de Mme Willis. Il savait qui la menaçait. Est-ce qu'il avait pensé que la mort d'Eleonore n'était pas naturelle? Et si oui, il avait tout de suite *soupçonné* Aujard. Le docteur était le dernier à avoir vu Mme Willis en vie. Et Eleonore morte, Ann héritait et Aujard l'épousait.

Darcy avait reçu la lettre de son amie. Cette lettre ne prouvait pas absolument qu'Aujard avait tué. Mais elle allait sûrement amener la police à soupçonner le docteur. Est-ce que le général était allé trouver Aujard avec la lettre? Est-ce qu'il l'avait menacé d'aller la montrer à la police? Est-ce qu'il lui avait demandé une importante somme pour prix de son silence? Darcy était joueur, et il perdait beaucoup d'argent ... Est-ce que, pendant les deux années qui venaient de passer, le général avait continué

---

se retirer dans un lieu aller habiter dans un lieu et ne pas y travailler
faire la connaissance de qn parler avec qn qu'on ne connaît pas encore
mon (ma) confident(e) qn avec qui je parle de tous mes problèmes
déshériter qn ne pas donner à qn ce que, normalement, il doit hériter
soupçonner qn penser que qn a commis un crime

à demander de l'argent à Aujard? Est-ce que le docteur en avait eu assez et avait décidé d'assassiner cet homme qui en savait trop?

Oui, tout ça était très logique. Mais il restait au commissaire à prouver que cela s'était bien passé ainsi.

Questions:

1. Qu'est-ce qui s'est passé la veille, chez le docteur, après le départ du commissaire?
2. Est-ce que le général a hérité de la fortune d'Eleonore? Pourquoi?
3. De quoi est-ce qu'Eleonore est morte, officiellement? Que suppose le commissaire? Pourquoi?

Tout s'explique . . . pour Pellegrin!

Chez les Aujard où il s'était rendu très tôt le matin, le commissaire a expliqué à la femme de ménage qu'il ne fallait pas réveiller ses patrons, qu'il venait simplement pour prendre les *empreintes* du cambrioleur dans la bibliothèque. Mais il a été très content de voir l'amie des Aujard qui, assise dans un fauteuil, était en train de lire un livre. Pour lui, c'était une bonne *occasion*: elle était la seule personne qui pouvait lui donner des renseignements sur la soirée des Aujard, le jour du crime.

une empreinte

– Comment avez-vous passé la soirée, le jour où on a tué le général? Est-ce que vous êtes restée longtemps avec le docteur et sa femme?

– Oh, non! C'était ma première journée à Sérac et j'étais encore fatiguée du voyage. Nous avons dîné tous les trois, en bas, sur la terrasse ... Je les ai quittés après le repas.

– Vous êtes montée dans votre chambre?

– Oui, je me suis couchée tout de suite.

– La chambre où vous dormez donne sur le jardin?

– Oui.

– Est-ce que vous pouviez entendre parler vos amis?

– Bien sûr. Ma chambre donne directement sur la terrasse.

– Pendant combien de temps est-ce que le docteur et sa femme y sont restés?

– Une demi-heure.

– Et vous les avez entendus remonter dans leur chambre?

– Oui. Je n'arrivais pas à m'endormir à cause du bruit.

– A cause de quel bruit? On entendait leurs voix?

– Oui ... Ils ont même continué à discuter dans leur chambre.

– Ils ont parlé comme ça pendant longtemps?

– Oh, oui! A un moment, j'ai *allumé* pour regarder l'heure: il était minuit et demi. Je me suis dit qu'ils devaient avoir un gros problème pour en discuter aussi tard!

– Minuit et demi? Vous en êtes sûre?

– Absolument!

---

une occasion (eine Gelegenheit)
allumer Le soir, on *allume* les lampes.

Minuit et demi... Pellegrin réfléchissait... Mais alors, Aujard ne peut pas être l'assassin! Le docteur Martin, de Gardelac, qu'on a appelé le matin du crime – Aujard n'était pas de service ce jour-là – a dit que la mort *remontait à* six ou sept heures. On a découvert le cadavre à 6 heures du matin. Le crime a été commis entre 11 heures et minuit. Et à cette heure-là, les Aujard étaient dans leur chambre, en train de discuter... Alors, toutes mes suppositions sont fausses... *A moins que*... Mais oui, bien sûr! Maintenant, tout s'explique!

Questions:

1. *Quels sont les renseignements que l'amie des Aujard donne au commissaire?*
2. *Qu'est-ce que Pellegrin pense d'abord? Mais qu'est-ce qu'il se dit ensuite?*

L'alibi

Quand il est rentré à l'hôtel, le commissaire a été surpris, mais aussi *embarrassé*, d'y trouver le lieutenant qui l'attendait. S'il voulait l'inviter à une partie de pêche, il allait être servi! Pellegrin n'avait pas le temps!
– Quelles nouvelles, Cartier?
Le lieutenant, tout content, a *annoncé:*
– Eh bien, commissaire, ça y est! On l'a!
– Qui?

Cela remonte à 6 ou 7 heures. Cela s'est passé 6 ou 7 heures avant.
à moins que... (es sei denn...)
embarrassé(e) gêné(e)
annoncer qc dire qc que les autres ne savent pas encore

— Mais, l'homme qu'on cherchait... le cambrioleur... l'assassin du général!

Et il a raconté comment les gendarmes avaient découvert le cambrioleur, dans une maison qui n'était plus habitée. Il se cachait là parce qu'il avait entendu parler du crime et qu'il avait peur d'être arrêté: les gens pouvaient croire que c'était lui, l'assassin! Mais il criait qu'il était *innocent*, qu'il n'avait rien à voir avec cette histoire.

— On les connaît, ces types-là. D'abord, ils disent qu'ils sont innocents, et puis, tout à coup, ils *avouent*.

Le commissaire n'avait encore rien dit, et le lieutenant était *déçu* de son silence.

— Où est-il? a demandé Pellegrin, tout à coup.

— A la gendarmerie.

— Eh bien, allons-y!

Gaston M. a avoué tout de suite qu'il était entré dans la villa des Aujard: la porte du jardin était ouverte. Il ne voulait rien voler. Il voulait seulement voir comment c'était, chez les gens riches. Tout à coup, il avait entendu un bruit de pas dans le jardin (Ah, c'était moi, a pensé alors le commissaire), et il s'était caché derrière les *buissons*, près de la terrasse. Il avait écouté avec attention et avait entendu qu'on fermait la porte du jardin. Puis, il était resté *immobile* pendant un moment, et c'est alors qu'il avait remarqué de la lumière dans la bibliothèque, qui donnait directement sur la terrasse. Quelqu'un était entré, avait posé un magnétophone sur l'*étagère*, puis était ressorti. Un magnétophone! C'était son rêve à lui depuis longtemps!... Il suffisait d'entrer par la fenêtre ouverte. C'est ce qu'il avait fait. Mais on l'avait surpris, à cause du vase. Il avait eu juste le temps de filer avec le magnétophone.

un buisson

une étagère

---

innocent(e) qui n'a pas commis de crime
avouer dire la vérité
être déçu(e) être triste parce qu'on n'a pas eu ce qu'on voulait
immobile qui reste toujours au même endroit

— Un magnétophone! vous dites.
Le commissaire, qui avait écouté jusqu'alors d'un air endormi ce que disait le cambrioleur, avait réagi presque brutalement.
— Ecoutons tout de suite ce qu'il y a sur la bande! C'est sûrement très intéressant!
— Mais, commissaire, nous n'avons pas de temps à perdre, euh ...
— Lieutenant, vous allez voir ce que vous allez voir!
La bande était plus qu'intéressante: on entendait une discussion entre monsieur et madame Aujard!
Au bout d'un moment, Pellegrin a arrêté le magnétophone.
— Alors, Cartier, qu'en pensez-vous?
— J'avoue que je ne comprends plus ... Pourquoi cette conversation?
— Vous ne voyez pas? ... Le soir du crime, madame Aujard a fait marcher le magnétophone pendant que son mari assassinait le général.
— Mais pourquoi?
— Enfin, lieutenant, c'est tout simple! Eve, l'amie des Aujard, était l'alibi rêvé. Elle pouvait *témoigner* qu'au moment du crime, le docteur et sa femme étaient chez eux! Aujard a profité de sa visite pour commettre son assassinat.

Lorsque le commissaire et le lieutenant sont arrivés chez les Aujard, le docteur et sa femme étaient en train de faire leurs valises. Ils savaient que, tôt ou tard, la police allait mettre la main sur le cambrioleur ... et sur le magnétophone!
Le docteur a avoué tout de suite qu'il avait tué le général avec une lourde pierre trouvée sur les bords de «la Dure». Il connaissait les habitudes d'Henri Darcy. Le soir du crime, il avait suivi le notaire et le général. Et, après le départ de maître Barreau, il avait assassiné Darcy.

---

témoigner que ... dire à la police que ...

Il avait posé, à quelques mètres du cadavre, le gant du notaire, que Barreau avait oublié dans sa salle d'attente. Il voulait que la police soupçonne maître Barreau.

Lorsque Pellegrin en est venu à parler de la mort d'Eleonore Willis, Aujard a fait plus de difficultés pour avouer: lui, un médecin, avait assassiné une malade et, *qui plus est,* une malade auprès de qui on l'avait appelé!

Cela s'était passé ainsi:

L'après-midi du 24 septembre, Ann avait surpris sa mère en train de terminer une lettre. Vite, Eleonore avait caché, de la main, ce qu'elle venait d'écrire. La jeune femme avait eu juste le temps de voir que la lettre était adressée au général, que Mme Willis allait refaire son testament et que Darcy allait hériter de toute sa fortune.

Un peu plus tard, Ann avait vu la femme de chambre d'Eleonore partir poster la lettre. Elle avait alors téléphoné à Aujard pour lui apprendre la mauvaise nouvelle. Mais que pouvait faire le docteur? Rien! Tout était perdu!

Mais là, la chance allait aider le criminel... Pendant la nuit, Mme Willis avait eu *effectivement* une attaque. Ann, très inquiète, avait appelé Aujard. Inquiète? Eh oui! Bon, la jeune femme et son ami avaient plusieurs fois menacé Eleonore. Ils lui avaient même dit, un jour, qu'ils allaient l'*empoisonner.* Mais ils n'avaient jamais pensé sérieusement à la tuer. Ils voulaient simplement la faire changer d'avis à propos de leur mariage. Et puis, une mère restait une mère!

Le docteur était venu tout de suite. D'abord, il avait essayé de sauver la malade. Mais son goût pour l'argent avait été le plus *fort.* Si Eleonore mourait, il allait épouser Ann et hériter d'une immense fortune! Et puis, que risquait-il? Il était médecin. Per-

---

qui plus est en plus
effectivement (tatsächlich)
empoisonner qn mettre qc dans ce que qn mange, pour le faire mourir
fort(e) (stark)

sonne n'allait *douter de sa parole!* Alors, il avait fait une piqûre à Eleonore: une forte dose de morphine. Et Mme Willis était morte.
Aujard n'avait rien dit à Ann qui, comme tout le monde, avait cru que la mort avait été naturelle. Tout le monde? Non, le général, lui, avait lu la lettre d'Eleonore. Et il avait tout de suite soupçonné le docteur. Ensuite, comme le commissaire l'avait supposé, il avait demandé de l'argent à Aujard, puis encore de l'argent.
A bout nerveusement à cause du *chantage* de Darcy, le docteur avait fini par tout avouer à sa femme. Ann, bien sûr, avait pris cela très mal: elle avait épousé un assassin, l'assassin de sa mère! Mais les rapports entre Eleonore et sa fille n'avaient jamais été bons. Et puis, Mme Willis avait menacé Ann de la déshériter! Et, finalement, elle avait décidé de le faire! Enfin, et surtout, la jeune femme était folle du docteur, follement amoureuse d'Aujard! Pouvait-elle le quitter? Non, elle ne pouvait pas vivre sans lui! Et elle avait fini par lui pardonner son crime.
Mais il restait le chantage du général. Aujard avait dit à Ann tout ce qu'il y avait dans la lettre d'Eleonore. La jeune femme n'en connaissait, jusqu'alors, qu'une partie! Il lui avait tout dit: les menaces, et puis «ils n'auront pas ce qu'ils veulent». Et «ils», c'était Aujard et elle. Darcy le savait! Et s'il montrait la lettre à la police, ils allaient tout de suite être soupçonnés, elle et son mari! Il fallait tuer le général, c'était la seule solution! Mais comment faire?
Ils avaient alors reçu une lettre d'Eve, l'amie de collège d'Ann. Eve leur demandait si elle pouvait passer ses vacances chez eux. Et là, Aujard avait eu l'idée du magnétophone.

---

douter de la parole de qn penser que qn ne dit pas la vérité
le chantage (die Erpressung)

— Mais, commissaire, et le porte-monnaie que nous avons trouvé non loin du cadavre du général?

Pellegrin et Cartier sortaient de la gendarmerie, où ils venaient d'amener le docteur Aujard et sa femme.

— Vous savez, Cartier, H. D., cela peut vouloir dire Henri Darcy, mais également Henriette Dupont! Je pense qu'il n'avait rien à voir avec l'affaire. C'était une fausse piste ... Et puis, entre nous, cela m'est égal. Je commence à en avoir assez de cette histoire! Je suis en vacances, moi! Et j'ai encore une semaine à passer ici! ... Au fait, et si nous allions à la pêche, demain?

— Ah, je veux bien!

— Alors, vous passez me prendre à sept heures à mon hôtel.

— C'est ça. Au revoir, monsieur le commissaire!

— Au revoir, Cartier. A demain matin!

Pellegrin est rentré à son hôtel. Mais là ...

— Monsieur le commissaire, il y a eu un coup de téléphone pour vous. De Paris. On vous y attend pour demain matin. Un double crime. J'ai déjà fait votre *note*.

·*Questions:*

1. *Pourquoi est-ce que le cambrioleur se cachait dans la vieille maison?*
2. *Pourquoi est-ce que le commissaire a eu de la chance que le cambrioleur vole le magnétophone?*
3. *Qui était l'assassin d'Eleonore et du général? Comment est-ce qu'il a commis ses crimes?*

---

la note ce qu'on doit payer, à l'hôtel